J'appren[...]
à lire
avec Sami et J[...]

CW01669736

Sami et Julie et la magie de Noël

Texte
Emmanuelle Massonaud

Illustrations
Thérèse Bonté

hachette
ÉDUCATION

Couverture : Mélissa Chalot
Réalisation de la couverture : Sylvie Fécamp
Maquette intérieure : Mélissa Chalot
Mise en pages : Typo-Virgule
Illustrations : Thérèse Bonté
Édition : Laurence Lesbre

ISBN : 978-2-01-712329-3
© Hachette Livre 2020.

www.parascolaire.hachette-education.com

Tous droits de traduction, de reproduction
et d'adaptation réservés pour tous pays.

Achevé d'imprimer en Août 2022 en Espagne par Unigraf
Dépôt légal : Octobre 2020 - Édition 04 - 19/3238/1

Les personnages de l'histoire

La famille au grand complet est rassemblée chez Papi et Mamie pour fêter Noël. Papi a expliqué : « Le Père Noël passera à minuit pour déposer les cadeaux. »

Les petits, puis les grands sont allés se coucher. Plus une lumière, plus un bruit. Tout le monde dort à poings fermés…

Tout le monde ? Pas tout à fait ! Cette année, Sami et Julie sont bien décidés à voir le Père Noël en vrai !

Joyeux Noël

Sami et Julie tendent l'oreille : seul le ronflement de Mamie résonne dans la maison. Ils se décident enfin à sortir de leurs lits et, sur la pointe des pieds, se glissent dans le salon...

– Chuuuut..., murmure Julie.

Tu vas nous faire repérer.

– J'ai pas fait exprès : c'est le parquet qui grince ! dit Sami à haute voix.

– Mais enfin, ne parle pas si fort, Sami ! chuchote-t-elle.

– C'est pas de ma faute...

CRAC CRAC
CHUUT
JULIE
EMMA
TOBY
SAMI

Le plan de Sami et Julie a été mûrement réfléchi.

– Passe-moi la bobine de fil, ordonne Julie. Attention : ne fais pas sonner le grelot !

Et les voilà qui tendent un long fil transparent en travers de la cheminée.

– C'est parfait, chuchote Julie, qui finit l'installation en accrochant le grelot.

Comme ça, dès que le Père Noël sortira de la cheminée, nous l'entendrons.

Julie
Emma
ToBi
Sam
GLING

– Allons nous cacher derrière le fauteuil de Papi et attendons minuit ! glisse Sami à voix basse.
Mais attendre minuit, c'est long, c'est très long… Surtout quand on a sommeil ! Et ce qui devait arriver arriva : Sami et Julie s'endorment profondément…

Dreling ! Dreling ! Dreling !

– Nom d'un petit lutin, qui m'a fichu un chantier pareil ? grommelle le Père Noël qui vient de se prendre les bottes dans le fil invisible.

Réveillés en sursaut, Sami et Julie écarquillent leurs yeux incrédules : devant eux, voilà le Père Noël les quatre fers en l'air, la hotte renversée et les cadeaux roulant sur le tapis !

– Le Père Noël ! En chair et en os ! s'émerveille Julie.
– Il est exactement comme je l'imaginais, s'extasie Sami.
Sa barbe est toute blanche et ses bottes ressemblent à des bottes de sept lieues.
Mais à peine ont-ils le temps de se remettre de leur surprise, que le Père Noël, abandonnant sa cargaison de cadeaux, remonte à toute allure dans la cheminée.
Pfuit : il a disparu !

– Viens vite, Sami : allons lui dire adieu ! s'exclame Julie.

Mais, à l'instant où Sami et Julie passent devant la cheminée, une immense spirale d'air les fait décoller du sol et les aspire !

En un éclair, les voilà dans la nuit étoilée. En un second éclair, les voilà assis dans le traîneau du Père Noël qui prend aussitôt son envol, tiré par une multitude de rennes.

Julie
Sami

– Alors, mes petits amis, dit le Père Noël de sa bonne grosse voix, vous vouliez me rencontrer ? Eh bien, vous allez m'aider à finir ma tournée ! C'est que je suis très pressé ! J'ai du monde à visiter sur cette Terre ! Et, avec le piège que vous m'avez tendu, j'ai pris du retard ! Dépêchons-nous : il n'y a plus une minute à perdre !

– Accrochez-vous bien ! confirme un petit lutin. Quand ils sont pressés, les rennes volent plus vite qu'une fusée.

19

Effectivement, le traîneau vole à la vitesse d'une fusée ! Oups ! Houlà, ce n'est pas le moment d'avoir le vertige ou le mal de l'air. Là-bas, les millions de lumières d'une immense ville scintillent dans la nuit : atterrissage imminent !

– Les lutins, à la manœuvre !
s'écrie le Père Noël. Remplissez ma hotte et ne vous trompez pas : tous les enfants doivent avoir leur cadeau ! Si mes calculs sont exacts, il ne nous reste plus que 2 milliards de cadeaux à distribuer !

Afrique, Amérique, Chine, Australie, Papouasie, Inde, Russie, Brésil… Sami et Julie en ont le tournis. Déguisements, vélos, voitures de pompiers, poupées, surfs, livres, peluches, trottinettes…

– Mais comment arrivez-vous à fabriquer ces cadeaux par milliers ? demande Julie au lutin en chef.

– Nous avons nos petits secrets, ma jolie, répond-il. C'est ça, la magie de Noël !

Pendant que le Père Noël exécute sa dernière tournée, Sami aimerait bien conduire un peu le traîneau.

– Ça ne doit pas être très difficile, se dit-il en saisissant les rênes. Hue, en avant, hue !

Mais voilà que les rennes s'affolent ; ils partent chacun dans une direction différente. L'un monte, l'autre descend, l'un va à hue, l'autre à dia…

– Lâche ça ! crient les lutins.

– Lâche ça ! s'écrie Julie.

Patatras ! Sami tombe... et sent la douce caresse de Maman sur son front.

– Sami chéri, c'est Noël ; il faut te réveiller. Je crois que le Père Noël est passé. Ta cousine s'impatiente : elle a hâte d'ouvrir ses cadeaux.

Julie, elle aussi, s'impatiente.

– Dépêche-toi, Sami ! Tu as l'air tout bizarre ce matin. C'est Noël quand même !

– Cette nuit, j'ai rencontré le Père Noël et je l'ai même aidé à faire sa tournée, répond Sami.

– Moi aussi, j'ai rencontré le Père Noël ! répond Julie.

– Je sais bien, renchérit Sami. On était tous les deux !

Julie lui fait un clin d'œil.

– Je ne sais pas si c'est vrai ou si nous avons rêvé, mais, en tout cas, il ne faut le dire à personne. Ça doit rester notre secret ! C'est ça, la magie de Noël…

As-tu bien compris l'histoire ?

1 Explique le plan de Sami et Julie.

2 Où se cachent-ils ?

3 Qui les réveille en sursaut ?

4 Qu'arrive-t-il à Sami et Julie ?

5 Quels pays sont visités par le Père Noël ?

Et toi, qu'en penses-tu ?

Avec qui fêtes-tu Noël ?

Penses-tu que ce soit important de recevoir beaucoup de cadeaux ? ou d'être en famille avec les gens qui t'aiment ?

Et toi, as-tu déjà essayé de surprendre le Père Noël ?

Est-ce que tu as déjà essayé de rester éveillé(e) toute une nuit ?

Dans la même collection

Niveau 1
Début de CP

- Tobi est malade
- Le tipi de Sami
- Miam Miam !
- Super Sami !
- Le CP de Sami
- Vive Noël !
- La nuit
- La dispute
- La liste de Sami
- Bonne fête Papa !
- Sami s'est perdu
- La malle de Papi
- Sami à Paris
- Sami est malade
- Sami rêve
- La fête de Sami
- Les pirates
- Sami à l'école
- Le robot de Sami
- Le hamster de Sami
- Sami à l'hôpital
- Sami à dos d'âne

Niveau 2
Milieu de CP

- Sami sous la pluie
- Sami a des poux
- L'amoureux de Julie
- Sami et Julie attendent Noël
- L'anniversaire de Julie
- Il neige !
- Sami à la ferme
- Sami et Julie cherchent les œufs
- Sami et Julie en classe de découverte
- La galette des rois
- Le zoo
- La fête des mères
- Le carnaval de Sami et Julie
- Sami fait de la magie
- La partie de cache-cache
- Poisson d'avril !
- Sami et Julie à la fête de la Musique
- Sami et Julie au camping
- Sami et Julie rencontrent Tobi
- Halte au virus !
- Julie fait du judo

Niveau 3
Fin de CP

- Le château
- La dent de Julie
- Les groseilles
- Plouf !
- Le spectacle de Sami et Julie
- Le mariage
- Fous de Foot !
- Sami et Julie champions de ski
- Sami et les pompiers
- Les super cartes de Sami
- Sami à la pêche
- Sami et Julie au parc d'attractions
- La veillée de Noël
- Sami et Julie jardinent
- Opération Mer propre !
- Le 14 Juillet de Sami et Julie
- La visite du château fort
- Sami en classe de mer

Niveau CE1

- Sami rentre au CE1
- Sami et Julie fêtent Halloween
- Le réveillon de Sami et Julie
- Sami et Julie font des crêpes
- Le match de foot de Sami et Julie
- Vive les vacances !
- La nouvelle élève
- Tom va avoir une petite sœur
- Sami et Julie à Londres
- Julie veut devenir vétérinaire
- Le défi nature de Sami et Julie
- La pyjama party de Julie
- À la découverte des dinosaures
- Sami et Julie et la magie de Noël
- Bonne fête Mamie !
- Sami et Julie à la montagne
- Sami et Julie citoyens
- La baby-sitter de Sami et Julie
- Sami et Julie voyagent tout seuls
- Julie, déléguée de classe

Niveau CE2
NOUVEAU !

- Le souterrain mystérieux
- Le trésor de Sami et Julie
- Une bouteille à la mer
- Sur la piste du loup
- Enquête à la bibliothèque
- La revanche des Buffalo
- Disparition au château de Versailles
- Le sorcier de Quiberon
- La surprise d'Halloween
- Le château hanté

hachette ÉDUCATION